August i jego uśmiech

Augustus and his Smile

Text and Illustrations copyright © Catherine Rayner 2006
Catherine Raynor has asserted her right to be identified as the author and
illustrator of this work under the Copyright, Designs and Patents Act, 1988
Dual language copyright © Mantra Lingua 2008
Printed Paola, Malta MP210217PB03171860

Mantra Lingua
303 Ballards Lane, London N12 8NP
www.mantralingua.com

First published in UK
by Little Tiger Press 2006
This edition published 2017

Audio copyright ©
Mantra Lingua 2008

Thank you, Mum, Brian and Colin - C R

August i jego uśmiech

Augustus and his Smile

Catherine Rayner

Polish translation by
Jolanta Starek-Corile

MANTRA LINGUA

Tygrys August był smutny,
ponieważ zgubił swój uśmiech.

Augustus the tiger was sad.
He had lost his smile.

Przeciągnął się więc leniwie, jak robią to tygrysy i wyruszył na jego poszukiwanie.

So he did a HUGE tigery stretch and set off to find it.

Najpierw przeczołgał
się pod kępą
rozłożystych krzewów.
Był tam mały,
błyszczący żuczek,
ale nie odnalazł tam
swojego uśmiechu.

First he crept under a cluster
of bushes. He found a small,
shiny beetle, but he couldn't
see his smile.

Then he climbed to the tops of the tallest trees.
He found birds that chirped and called,
but he couldn't find his smile.

Następnie wspiął się na szczyt najwyższego drzewa.
Były tam ćwierkające ptaszki,
ale nie odnalazł tam swojego uśmiechu.

August szukał swojego uśmiechu coraz to dalej i dalej.
Wspiął się na szczyt najwyższej góry, nad którą kłębiły
się śnieżne chmury, a mróz malował przeróżne wzory
na lodowatym powietrzu.

Further and further Augustus searched.
He scaled the crests of the highest mountains where the snow
clouds swirled, making frost patterns in the freezing air.

Popłynął na dno najgłębszego oceanu i pluskał się
z ławicą małych, błyszczących rybek.

He swam to the bottom of the deepest oceans and
splished and splashed with shoals of tiny, shiny fish.

Dumnie kroczył przez największą pustynię,
rzucając cienie w gorącym słońcu.
August zaciągał dalej
    i brnął przez sypki piasek
                        aż ...

He pranced and paraded through
the largest desert, making
shadow shapes in the sun.
Augustus padded further
    and further
        through shifting sand
            until ...

... pitter patter

pitter patter

drip

drop

plop!

... tapu tapu

tapu tapu

kap

kap

kap!

August tańczył
i biegał
wśród spadających
kropli deszczu.

Augustus danced
and raced
as raindrops bounced
and flew.

August chlapał się w większych i głębszych kałużach.
Popędził w kierunku ogromnej srebrzysto-niebieskiej
kałuży i ujrzał ...

He splashed through puddles, bigger and deeper.
He raced towards a huge silver-blue puddle
and saw ...

... pod samym nosem
        ... swój uśmiech!

... there under his nose
        ... his smile!

I August uświadomił sobie, że jego uśmiech zawsze tam będzie, jeśli on będzie szczęśliwy.
Musiał tylko pływać z rybkami, tańczyć w kałużach lub wspiąć się na wysoką górę i spojrzeć na otaczający go świat – bo szczęście było wszędzie, gdzie się tylko obejrzał.

August był taki szczęśliwy, że z radości zaczął skakać ...

And Augustus realised that his smile would be there, whenever he was happy.

He only had to swim with the fish or dance in the puddles, or climb the mountains and look at the world – for happiness was everywhere around him.

Augustus was so pleased that
he hopped
and skipped ...

... i pobiegł w podskokach,
uśmiechając się.

... and jumped away,
smiling.

Amazing tiger facts

Augustus is a Siberian tiger.

Siberian tigers are the biggest cats in the world! They live in Southern Russia and Northern China where the winters are very cold.

Most tigers are orange with black stripes. The stripes make them hard to see when they walk through tall weeds and grasses.

Tigers are good swimmers and like to cool down by sitting in waterholes.

Each tiger's stripes are different to those of other tigers – like a human finger print.

Tigers are in danger …

Tigers are only hunted by one animal … HUMANS!And humans are ruining the land on which tigers live.

There are more tigers living in zoos and nature reserves than in the wild. There are only about 6000 tigers left in the wild.

Help save the tiger!

World Wildlife Fund (WWF)
 Panda House
 Weyside Park
 Godalming
 Surrey GU7 1XR
 Tel: 01483 426 444
 www.wwf.org.uk

David Shepherd Wildlife
Foundation
61 Smithbrook Kilns
Cranleigh
Surrey GU76 8JJ
Tel: 01483 727 323/267 924
www.davidshepherd.org